Onderdanige serveerster (Interraciaal)

Erotische Domination-collectie

Erika Sanders

Onderdanige serveerster
(Interraciaal)
Erika Sanders

Serie
Overheersing en erotische onderwerping

Korte inhoud

5

Julieta is een Afro-Mexicaan die werkt in een low-class motel waar het uniform van de manager voor de werknemers een laag uitgesneden jurk is met hakken zonder beha en string.

Een oudere klant logeert in het motel, meneer Sánchez, die zichzelf de "Godfather" van de jonge vrouw noemt....

Bij aankomst in het Julieta-motel, realiseert ze zich dat het ontbijt van meneer Sánchez klaar staat om mee te nemen naar zijn kamer ...

Onderdanige serveerster is een verhaal dat behoort tot de Interracial-serie, een verzameling verhalen met een hoog erotisch gehalte die plaatsvinden tussen mensen van verschillende rassen en huidskleur.

(Alle personages zijn 18 jaar of ouder)

Opmerking over de auteur:

Erika Sanders is een internationaal bekende schrijfster, vertaald in meer dan twintig talen, die haar meest erotische geschriften, ver van haar gebruikelijke proza, ondertekent met haar meisjesnaam.

Inhoudsopgave:

Korte inhoud
   Opmerking over de auteur:
   Inhoudsopgave:
   ONDERDANIGE SERVEERSTER ERIKA SANDERS
   EINDE
   WILD WELKOM ERIKA SANDERS
   EINDE
   VERRADEN ERIKA SANDERS
   Hoofdstuk I.
   Hoofdstuk II
   Hoofdstuk III
   Hoofdstuk IV
   EINDE
   BETER EEN TRIO ERIKA SANDERS
   EINDE

ONDERDANIGE SERVEERSTER
ERIKA SANDERS

Julieta arriveerde bij het "Lonely Hearts" motel, net op tijd voor de ochtendploeg.

Ze was een van de dienstmeisjes in het motel en een van haar belangrijkste taken was om elke ochtend om acht uur het ontbijt bij de klanten te bezorgen.

Natuurlijk moest ze ook de kamers afstoffen en opruimen, maar dat kon tot het middaguur wachten, wanneer de rest van de dienstmeisjes zou komen opdagen.

"Corazones Solitarios" bevond zich honderdvijftig kilometer ten noorden van Mexico-Stad, vlak bij de rijksweg A9.

Het bestond uit een kleine parkeerplaats;een middelgroot zwembad; een hoofdgebouw, dat naast het kantoor van de manager vele faciliteiten huisvestte; en twee vleugels met elk tien kamers.

Elke kamer had een kleine badkamer, kabeltelevisie en airconditioning.

Als we hun prijzen zouden vergelijken met die van lokale hotels en motels, zouden we zeker een significant verschil vinden, waarbij "Lonely Hearts" de goedkoopste is.

Daarom was en was het de toevlucht van veel mensen, die weinig geld hadden en niet te veel wilden betalen om een appartement te huren, maar een paar seizoenen in een hotel wilden wonen.

Julieta was een twintigjarige Latina van Afro-Mexicaanse afkomst.

Haar vader was een zwarte Amerikaanse zeeman, die het grootste deel van zijn tijd door de wereld reisde, en haar moeder was Mexicaans en toegewijd aan haar man en dochter.

Ze was niet meer dan anderhalve meter lang, maar haar figuur was vrij symmetrisch en rond.

Schouderlang zwart krullend haar omlijst haar ovale gezicht, terwijl haar exotische schuine ogen zwart waren met de langste natuurlijke wimpers die iemand zich maar kon voorstellen.

Zijn neus was dun en delicaat, met grote en brede neusgaten, geërfd van zijn vader, die een nogal onverzadigbare natuur onthulde, toegewijd aan eeuwige vleselijke genoegens.

Twee perfecte rijen helderwitte tanden sierden haar kleine mond als parelkettingen, en haar volle donkerrode lippen smeekten, net als Homerische zeemeerminnen, om brutaal gebeten te worden.

Haar huid was donker en haar slanke figuur was werkelijk verbazingwekkend.

Het was begiftigd met een zeer slanke ringvormige taille.

Met sterke 95 C kloppende en symmetrische borsten, bedekt met grote zwarte tepelhoven en weelderige bruine tepels die voortdurend uitpuilden.

En brede heupen, in staat om helden uit een episch tijdperk vast te houden.

Haar kont was groot, rond en een beetje mollig, ze had minstens zeven kilo moeten afvallen, maar ze was stevig en strak tot het uiterste.

Haar dijen waren gebogen en sappig en haar kuiten waren welgevormd en behoorlijk taai.

Julieta liep regelrecht naar de kleedkamer van de dames en trok haar T-shirt en spijkerbroek uit.

Ze maakte de knoopjes los en trok haar beha uit, liet haar wulpse borsten los en trok haar witte slipje uit.

Ze opende haar kluisje en koos een rode satijnen string uit, die ze onmiddellijk aantrok, en een paar witte hoge hakken samen met haar dienstmeisjesoutfit - het management was erg geïnteresseerd in het onderwerp dat alle dienstmeisjes strings zouden moeten dragen, hoge witte hakken, en nee beha.

Juliet droeg haar outfit, trok haar witte schort om haar schouders en om haar middel, trok haar hoge hakken aan en liep meteen naar de keuken.

Op een grote tafel vond hij een dienblad vol met het typische motelontbijt en een financiële krant.

Een klein wit boekje gaf zijn bestemming aan: kamer A4, meneer Sánchez.

Sánchez was een onlangs gescheiden 58-jarige grijsharige blanke man wiens vrouw hem het huis uit had gezet omdat hij nooit genoeg geld leek te verdienen om in hun levensonderhoud te voorzien.

Hij was een erg aardig en zachtaardig persoon en Juliet vroeg zich altijd af of de bovengenoemde reden de enige reden was voor zijn vrouw om hem te verlaten.

Hij werkte als verkoper voor een verzekeringsmaatschappij en liep nooit betalingsachterstand op, ook al waren zijn kleren goedkoop en zijn auto een twintig jaar oud model.

De heer Sánchez was een tachtig lang en stevig gebouwd van de jaren die hij in zijn jeugd als bouwvakker had doorgebracht.

Zijn gezicht was verbrand en licht gerimpeld, maar hij was erg knap.

Hij was een beetje dik in de buik, maar de handen en benen waren gespierd genoeg.

Julieta had altijd medelijden met hem en protesteerde nooit als hij spottend zei 'hij was haar peetvader'.

Hij hield echt van het geluid ervan!

Julieta: "Señor Sánchez, dit is Julieta. Kunt u de deur openen? Ik heb ontbijt voor u meegebracht."

Meneer Sánchez: "Wacht even Julieta. Ik ben net onder de douche gekomen. Geef me even de tijd om mijn badjas aan te trekken en ik zal de deur openen ... Kom binnen, lieverd."

Juliet: "Dank u, meneer."

Toen Julieta de kamer binnenkwam, zag ze dat meneer Sánchez een kort gewaad droeg dat op een kier stond en nauwelijks zijn dijen bedekte.

De aanblik van zijn brede, harige borst en gespierde, gespierde benen veroorzaakte slepende, zoete trillingen langs haar ruggengraat.

Ze bloosde en na diep adem te hebben gehaald, streek ze met het puntje van haar tong over haar bovenlip en raapte de zweetdruppels op die zich daar hadden verzameld.

Julieta: "Waar moet ik het blad achterlaten, meneer Sánchez?"

Meneer Sánchez: "Laat me de krant nemen ... Je kunt het blad daar achterlaten ... Op het tafeltje ..."

Juliet draaide zich om en liep dicht bij de tafel, waarbij ze haar heupen zo ritmisch en seksueel mogelijk bewoog.

Hij wist dat hij het dienblad daar kon laten staan, gewoon door zijn knieën te buigen en zijn lichaam verticaal te laten zakken, maar hij koos voor de andere optie.

Eerst kwam ze heel dicht bij de tafel en toen begon ze voorover te leunen, waardoor ze heel langzaam haar kont aan meneer Steven bloot stelde.

De stof van haar mini-outfit begon te rijzen en ging centimeter voor centimeter bloot: eerst de achterkant van haar bovenbenen, dan het kruis samen met de uiteinden van haar billen, en tenslotte de rode string die tussen haar trillende, dikke billen was begraven.

Alsof dat nog niet genoeg was, bleef hij geruime tijd in die positie, zijn achterwerk van links naar rechts bewogen, alsof hij het tafelblad afveegde met een wit servet.

Meneer Sánchez was al in een stoel gaan zitten en probeerde zijn krant te lezen, toen hij Julieta's ondeugende bewegingen opmerkte.

Zijn mond viel open en toen flitste er onmiddellijk een grote glimlach over zijn gezicht.

Hij rolde de krant en sloeg heel zachtjes op Julia's kont.

Juliet kronkelde een beetje alsof ze overrompeld was, draaide zich om en trok zenuwachtig haar rok recht.

Julieta: "Ohhh! Meneer Sánchez!"

Meneer Sanchez: "Stout meisje! Dat moet je niet doen als je" Godfather "hier is. Weet je niet dat het gevaarlijk is om met vuur te spelen?"

Julieta: "Wat deed 'Godfather'? Ik ben een braaf meisje. Ik probeer me altijd te gedragen."

Meneer Sánchez: "Je moet niet pronken met je kleine kont en vooral niet voor je 'Godfather'. Waar zijn je manieren? Ben je vergeten waar je bent? Misschien moet je een lesje leren. Je hebt echt discipline nodig. "

Juliet: "Oh nee 'peetvader'! Doe me alsjeblieft geen pijn. Ik wilde je mijn kont niet laten zien, het was een ongeluk. Vergeef me 'peetvader'! Doe mijn kleine kont geen pijn. Nee! '

Meneer Sánchez: "Je hebt een flink pak slaag nodig! Dat is wat ik te zeggen heb. Weet je, de huisregels zijn erg streng en je moet ervoor betalen. Ik kan dit niet nog een keer laten gebeuren. Kom hier!"

Julieta lachte en ging naar meneer Sánchez, zwaaiend met haar prachtige heupen als een professioneel topmodel.

Meneer Sánchez beval haar op zijn schoot te gaan liggen.

Juliet lag daar en kneep in haar grote tieten, de linker op haar linkerdij en de rechter op haar buik.

Toen tilde ze haar kont op om hem een betere toegang te geven en wachtte ongeduldig op de volgende gang van zaken.

Meneer Sanchez rolde haar minirok op, waardoor haar onschuldig uitziende dikke kont bloot kwam te liggen, en begon de kloppende bollen te kneden en te masseren als een ervaren bakker.

Hij kon het niet helpen dat hij het gladde, donkere vlees als een maniak aandrukte en kneep, en hij genoot vooral van de manier waarop het tussen zijn knokkels uitstak, toen hij het opzettelijk 'kneep' met zijn vingers als tang.

Bovendien genoot ze er echt van om haar vlezige bergen zoveel mogelijk van haar kont te scheiden, waarbij ze het satijnen touw in haar gaten dwong terwijl ze diep inademde.

Tegelijkertijd werd de sterke geur van zweet vermengd met de seksuele sappen die haar lichaam overal wijd verspreidde.

Nadat hij Julieta's mollige reet had gevuld met talloze rode vlekken (ze waren niet gemakkelijk te onderscheiden op haar donkere huid) van haar vingerafdrukken, nam meneer Sánchez de opgerolde krant in zijn rechterhand en gaf hem onmiddellijk een lichte klap.

Juliet kronkelde en slaakte een lang, jammerend gekreun, speciaal ontworpen om 's werelds grootste ijsberg in een fractie van een seconde te laten smelten.

Meneer Sánchez hoefde niet meer te luisteren.

Hij begon haar bijna blote billen te slaan met de opgerolde krant, alsof hij uitzinnig was, slag na slag met verbazingwekkende precisie uitdeelde, maar ervoor zorgde dat hij haar niet te veel pijn deed.

Met haar hele lichaam in de lucht, alleen ondersteund door de dijen van meneer Sánchez, 'jankte' en 'schopte' Julieta als een klein meisje, terwijl ze haar kuiten een voor een optilde en liet zakken, als een pornofilmster.

Juliet: "Aouchhh! Godfather! Je bent zo slecht! Mijn kont staat in brand! ... Ow! Stop met mijn kleine kont pijn te doen! Alsjeblieft peetvader ... Ik zal doen wat je wilt ..."

Meneer Sánchez: "Je dikke kont heeft zware bestraffing nodig, kleintje. Ik heb je vaak gezegd je schaars geklede kont niet aan mij bloot te stellen. Weet je niet dat ik opgewonden ben? Wat zou je moeder zeggen als ze dat wel was? hier? Ben je hier? probeer je je oude peetvader te verleiden? Wat een hoer ben je!'

Juliet: "Mmmmm ... Au ... Godfather! Hoe zou ik mijn oude peetvader kunnen verleiden? Ik ben gewoon het meisje van mijn peetvader ... Ik heb gemerkt hoe je naar mijn kont kijkt elke keer als ik voorover buig ... Ik wilde je gewoon een perfect zicht geven op mijn kleine kont ... Ik deed het alleen voor jou, peetvader ... "

Meneer Sánchez: "Ik probeerde mijn krant te lezen ... Dat was het enige wat ik in gedachten had, totdat je arriveerde ... Je leidde me af ..."

Juliet: "Oh peetvader! Ik wilde niet ... Maar ... ik voel iets in mijn maag ... Er komt iets onder mijn buik ... een grote knobbel die mijn navel probeert te doorboren ... Wat is dat voor peetvader?

Meneer Sánchez: "Het is je gelukt! Gefeliciteerd! Ik verloor mijn zelfbeheersing volledig. Hoe ga ik nu mijn krant lezen? Verdomme ..."

Juliet: "Oh, maak je geen zorgen, peetvader. Als je wilt, kan ik voor je" kleine probleem "zorgen. Laat me alles goedmaken wat ik je heb veroorzaakt. Ik weet heel goed dat je gezwollen" ding "je geeft een moeilijke tijd. Ik zou het ter plekke kunnen repareren ... Alsjeblieft, peetvader, laat me het proberen ... "

Meneer Sánchez: "Ummm ... Heel goed ... maar vertel het niet aan je moeder! Dat beloof je!"

Juliet: "Ik zal niet ... ik beloof het ..."

Julieta stond op en ging tevreden tussen de gespreide dijen van meneer Sánchez zitten.

Hij ging op zijn knieën zitten en nestelde zich onderdanig tussen haar harige voeten.

Meneer Sánchez droeg zijn bijziende bril, pakte ze lui aan en opende zijn krant.

Julieta maakte de riem los en deed zijn mantel volledig uit elkaar, waardoor zijn keiharde pik en gerimpelde testikels bloot kwamen te liggen.

Zijn lid was ongeveer zestien centimeter lang, vijf centimeter breed en besneden.

De kop was donkerroze van kleur en breed genoeg om eruit te zien als de bovenkant van een soort giftige paddenstoel.

Het been was iets naar links gebogen, terwijl veel paarse strepen over de lengte verspreid waren.

De grote ader onder zijn pik was extreem dik en gezwollen en de gedachte aan hoeveel sperma het kon dragen deed Juliet in verwachting bijten op haar onderlip.

Juliet kuste zachtjes de grote kop van zijn pik, en omdat ze haar oude 'peetvader' wat respect moest tonen, legde ze haar handen op zijn kuiten.

Ze liet alleen haar hoofd tussen zijn strakke lippen glijden en begon met haar handen langs zijn kuiten te strijken.

Haar kleine tong begon cirkels rond het roze gat te trekken terwijl haar lange rode nagels langzaam de huid van haar kuiten krabden.

Het meedogenloze spel van Julieta's tong in zijn gevoelige hol was de zoetste kwelling die meneer Sánchez ooit had meegemaakt: zijn vrouw raakte zijn stijve orgaan nauwelijks aan, laat staan dat hij het in zijn mond stopte.

Alleen door zichzelf tot het uiterste te duwen, onderdrukt ze de onweerstaanbare drang om zijn pik diep in haar mond te duwen, in een enkele schokkerige beweging, haar keel volledig te vullen en haar te stikken tot ze stikte.

Julieta zoog en knabbelde aan het hoofd alsof ze van een heerlijk ijsje genoot, terwijl ze tegelijkertijd de huid van het lid met haar rechterhand op en neer schudde en met de andere over zijn rechterdij streek.

Meneer Sánchez kon er niets aan doen en begon te kreunen, zich afvragend hoe lang het zou duren.

Hij wilde dat dat eeuwig zou duren, dus probeerde hij zich te concentreren op het lezen van de aandelenmarktpagina, omdat hij niet te snel wilde schieten.

Het was een zware en moeizame inspanning, aangezien Juliet agressief haar hoofd begon te schudden, haar hoofd naar links en rechts draaide en steeds meer de lengte van zijn pik slikte.

Plots liet ze zijn pik helemaal uit haar mond komen met een 'PLOP'-geluid en ging naar zijn testikels.

Zijn rechterhand raakte haar orgel op zijn buik en zijn tong begon langs en rond de harige ballen te lopen.

Meneer Sánchez verwelkomde die kleine pauze omdat hij op het punt stond zijn krant open te scheuren en zijn warme mond zonder waarschuwing met zijn kostbare kleverige vloeistof te vullen.

Juliet was in haar eigen wereld die grote harige ballen aan het likken en zuigen en ze vond het ook niet erg om wat oud grijs haar door te slikken.

Hij stopte gretig de ene bal na de andere in zijn mond en zoog zoveel hij kon als een stofzuiger; Hij wilde die zachte "eitjes" zo graag verslinden dat het hem niets kon schelen als een van hen echt in zijn keel bleef steken.

Nadat ze die gerimpelde bollen met haar speeksel had ingesmeerd, plaatste ze haar tong aan de basis van zijn pik en likte ze zich een weg naar zijn hoofd.

Toen hij de top bereikte, slikte hij onmiddellijk zijn hoofd in en begon langzaam zijn lippen langs te glijden, in een poging alles in zijn mond te passen, indien mogelijk.

De eerste centimeters waren gemakkelijk te hanteren, maar daarna werd de taak moeilijker.

Hij deed zijn mond wijd open en begon haar langzaam maar zeker te duwen, waarbij hij de extra centimeters in haar gladde keel kneep.

Het leek alsof er uren verstreken waren toen haar lippen de basis van zijn pik bereikten, maar het was eigenlijk maar een paar minuten.

Ze verslikte zich luid en gooide haar hoofd achterover, waardoor de glimmende pik van meneer Sanchez van links naar rechts slingerde als een gemarmerde slinger.

Julieta haalde diep adem en pakte onmiddellijk zijn pik en duwde hem terug in haar mond als een hongerige tijgerin.

Ze schudde een paar keer haastig haar hoofd over hem heen, schudde toen constant haar hoofd naar links en rechts en slaagde erin zich weer in haar te verdiepen.

Toen hij voelde dat zijn neusgaten zich vulden met zijn schaamhaar, wist hij dat hij het had gehaald.

Ze vierde haar overwinning door haar strakke lippen een tijdje rond de basis van meneer Sanchez 'pik te draaien, totdat ze naar adem hapte.

Meneer Sánchez durfde zijn ogen niet van het papier af te wenden en te zien wat Julieta hem aandeed, want als hij zou zien hoe ze hem met haar mond neukte, zou hij zeker ontploffen in een gigantische golf van sperma, in staat om het hele motel te slopen. , de dichtstbijzijnde stad en alleen God wist wat nog meer.

Zonder enig idee te hebben van de situatie van meneer Sánchez, was Julieta zonder meer op haar 'plichten' teruggekeerd.

Ze had zijn ballen met haar linkerhand gewiegd en voedde haar ontvankelijke mond nog steeds met de glibberige lul van meneer Sanchez, waarbij ze ervoor zorgde dat ze ook met haar hoofd over het gehemelte wreef.

Meneer Sánchez begon zich ongemakkelijk te voelen en Julieta voelde het onmiddellijk.

Hij dacht dat meneer Sánchez niet zo van dat soort behandeling hield, hoewel veel mannen eraan zouden overlijden, dus besloot hij zijn hoofd op een veel zachtere plaats op zijn mond te wrijven.

Gehoorzaam hield hij zijn hoofd schuin naar links en duwde het stijve orgel naar zijn rechterwang.

De omvangrijke kop van meneer Sanchez 'lul vervormde onmiddellijk zijn rechterwang in een ongelooflijke mate.

Julieta was buitengewoon blij toen ze hem hoorde kreunen als een gewond dier en ze bleef neuken met zijn zachte wang en bewoog haar schuin hoofd heel snel op en neer.

Meneer Sánchez: "Verdomme meid! Je gaat me een hartaanval bezorgen ... Ik wil komen! NU METEEN! Stop met wat je doet en laat me rennen ... Ik wil komen, zelfs als dit is het moment. Het laatste wat ik zal doen ... Haal je onverzadigbare mond weg ... DOE HET NU!"

Julieta: "OH, SEÑOR SÁNCHEZ! Ik ben bang dat ik je dat niet kan laten doen. Na alle inspanningen die ik tot nu toe heb gedaan, denk ik dat ik meer verdien dan dat. Ik heb je schat nog niet 'opgegeten'. ! "

Meneer Sánchez: "Ben je gek? Waar heb je het over? Stop met morren en ga van mijn rug af. Wat denk je dat je al die tijd hebt gedaan? Je eet me levend op! Nu, ga weg, ik wil te gaan. Er zal iets ergs met me gebeuren als ik mijn zaad nu niet uitdrijf! "

Juliet: "GEEN MANIER! Je weet niet wat ik voor je in petto heb. Toen ik zei dat ik je pik niet had 'opgegeten', meende ik het! Letterlijk! Onthoud dat ik niet heb ontbeten, dus ik heb honger. Dus geef me een seconde en je zult zien wat ik bedoel ... "

Meneer Sánchez: "Lieve Jezus! Wat gaat er met me gebeuren? Wat doet dit gekke meisje? Ik durf niet te denken ..."

Julieta liep naar de tafel waar ze het blad had achtergelaten en pakte twee sneetjes brood.

Hij knielde voor meneer Sánchez en plaatste zijn pik tussen de plakken.

Meneer Sánchez kon niet geloven wat hij zag.

Die kleine slet zou zijn ongelukkige lid eigenlijk verslinden!

Hij probeerde te protesteren, maar daarvoor was het te laat.

Juliet had zijn pik al tussen de plakjes geklemd en was klaar om zijn heerlijke 'sandwich' te proberen.

Hij zoog op het puntje van zijn pik om hem te laten ontspannen en nam toen een grote hap uit zijn boterham, zonder het kloppende vlees van meneer Sanchez te beschadigen.

Ze slikte en zoog toen nog een keer op de dikke kop voordat ze weer een hap nam.

Meneer Sánchez schudde onwillekeurig zijn rug en stopte meer van zijn pik in haar mond.

Ze zoog het diep in zijn keel, samen met wat broodkruimels die meneer Sánchez voelde kriebelen op zijn gevoelige huid.

Julieta liet het uit haar mond en begon te knabbelen en te zuigen aan de zachte korst van de plakjes die nog steeds het hoofd bedekten, en ze brak ze helemaal uit elkaar.

Meneer Sánchez kreunde luid en sprong naar voren alsof hij probeerde het plafond van de kamer te bereiken met slechts het puntje van zijn pik.

Zijn lul begon overal te schieten als een machinegeweer van vijftig kaliber, waarbij hij putte uit zijn laatste voorraad sperma dat in jaren niet was gebruikt.

Juliet pakte de pompende hamer en leidde hem naar haar gezicht.

Hij was zich bewust van het gevaar van spelen met een oncontroleerbaar geladen wapen;ze had tenslotte keihard gewerkt voor haar 'munitie'.

Een grote stroom van dat 'verouderde pistool' raakte haar in het linkeroog, een andere ging van de brug van haar neus en een derde ging verloren achter haar hoofd.

Julieta vond het niet verstandig om zulke waardevolle 'munitie' te verspillen en richtte het onmiddellijk op zijn keel, het lid heel snel schuddend en haar lange nagels op zijn testikels geplaatst.

Meneer Sánchez vuurde nog een paar schoten rechtstreeks in zijn keel en zakte toen volledig uitgeput in zijn stoel in elkaar.

Juliet slikte alles door, en toen, met duidelijk plezier, nam ze zijn zachte pik en wreef die zachtjes over haar voorhoofd, ogen, neus, wangen en kin, terwijl er nog zaadvloeistof druppelde.

Daarna nam ze de resten van de sneetjes brood en veegde ze daarmee het sperma van haar gezicht.

Ze gebruikte ze ook om de pik van meneer Sánchez schoon te maken en te drogen.

Juliet kon nu haar zuurverdiende ontbijt krijgen!

Ze at de plakjes met enorm veel plezier en likte haar vingers als een gelukkig kitten.

Plots zag hij broodkruimels tussen het schaamhaar van meneer Sánchez ...

Nou wat maakt het uit!Er is altijd een tweede ronde!

EINDE

27

WILD WELKOM
ERIKA SANDERS

Susan lag op de bank en dacht aan haar partner.

Ze hield van hem met heel haar hart en haar droom was dat hij zou doen wat hij wilde met het voorspel.

Lik en zuig ze totdat hun extase het waard is om voor te sterven.

Neuk haar dan met seks die sterker is dan creatie.

Het was zo'n saaie avond.

Susan lag op de bank in haar roze zijden bh en slipje naar een film te kijken.

Maar Susan dacht aan haar vriend, zijn mooie lichaam, zijn groene ogen en zijn donkerbruine haar.

Susans tong gluurde uit haar lippen toen ze aan hem dacht. Lust vulde haar geest en lichaam.

Op dat moment hoorde Susan de deur opengaan, daar was hij dan eindelijk.

Opgewonden en nat sprong ze op en rende naar de deur.

Daar stond hij in zijn spijkerbroek en een wit t-shirt.

Hij liep de kamer binnen en zag Susan's mooie, zwevende borsten die bijna uit haar bh vielen van opwinding.

Hij greep haar bij haar middel, trok Susan naar zich toe en kuste haar diep.

"Ik ben zo verdomd geil," fluisterde Susan door haar warme, natte mond. "Neuk me nu."

Hij had geen tweede uitnodiging nodig en duwde Susan naar de keukentafel.

Hij deed zijn shirt uit, deed de lichten uit en verduisterde de kamer.

Susan lag op de tafel, haar tepels gluurden nu door haar witte beha en er vormde zich een natte vlek op haar bijpassende slipje.

Hij stapte dichter naar haar toe en vormde een bobbel in zijn spijkerbroek.

Hij buigt zich over Susan heen, kust zachtjes haar buik en likt alles eroverheen.

Susan hapt naar adem van plezier en haar handen grijpen zijn hoofd om hem dichterbij te brengen.

Hij bleef haar buik likken en kussen, van tijd tot tijd naar haar kutje, dat nog steeds bedekt was door haar slipje, om hete lucht op haar te blazen.

Hij grijpt haar ondergoed tussen zijn tanden en trekt haar in één snelle beweging naar beneden.

Hij gooit haar op tafel en snuffelt aan haar schaamhaar.

Susan begint te kreunen en zwaar te ademen.

Hij begraaft zijn gezicht in haar natte kutje en steekt zijn hand op om haar beha te verwijderen.

Susan's brutale borsten lopen over haar zachte handen.

Hij likte Susan's spleet weer zachtjes voordat hij naar de koelkast ging.

Hij opende het en haalde er een schaal aardbeien uit. Hij nam er twee en legde er een op Susans buik en de andere tussen haar borsten.

Hij likte de aardbei bij zijn navel en at hem toen op.

Hij bleef haar lichaam van onder naar boven likken en ging uiteindelijk door naar de volgende aardbei.

Hij likt Susan's decolleté en beweegt de aardbei op en neer tussen haar borsten.

Susan kreunt om het ongewone gevoel.

Hij beweegt de aardbei verder en dieper in Susan's lichaam totdat hij haar kutje bereikt door met zijn tong in de aardbei te knijpen.

Susan hapte naar adem en hij kon haar kutje zien samentrekken met de aardbei bedekt met haar sappen.

Hij duwde de aardbei dieper in haar kutje.

Hij bedekte het met zijn mond, die zachtjes zoog tot de aardbei weer in zijn mond zat; nu bedekt met sappen uit Susan's kutje.

Hij nipte van de aardbei, at hem op en rolde Susan op haar buik.

Met haar kont in de lucht streelde ze erover.

Hij sloeg zachtjes op Susan's kont voordat hij op haar kont dook en eraan likte, waardoor hickeys over haar kont achterbleven.

Er was een pot honing in de buurt. Hij stak zijn hand naar binnen en wreef ermee over Susans lippen.

Toen stak hij zijn tong diep in haar en liet Susan kreunen.

Hij zoog zijn tong diep in haar kutje.

Susan kreunde luid en zei:

"Neuk me nu."

Hij deed zijn spijkerbroek uit en zijn pik klopte.

Nu hij naakt is, steekt zijn pik groot en sterk uit.

Hij greep Susan en streek met zijn handen over haar binnenkant van de dijen, zijn pik recht voor haar ingang plaatsend.

Hij wreef met zijn hoofd tegen haar nattigheid; Ze scheidde haar lippen zachtjes en duwde zachtjes tegen de eikel van zijn pik.

Een kreun ontsnapte aan Susan's lippen toen ze het puntje van zijn pik in haar voelde komen.

Susan kreunde harder toen hij de rest van zijn enorme harde pik in haar kutje duwde.

Terwijl hij ze allemaal vulde, kneep ze in de wanden van haar kutje en kreunde ze.

Hij begon zijn pik in en uit Susan's kutje te pompen, met elke slag meer en meer.

Hij bleef haar kutje slaan en Susan kreunde luider en luider.

Hij greep haar dijen, bonsde harder dan ooit, en gromde toen zijn enorme pik Susan's lichaam binnendrong.

Susan riep:

"Dat voelt zo goed, schat, neuk me harder."

Hij sloeg zijn pik harder in Susan's kutje en voelde de opeenhoping van sperma aan de basis van zijn pik.

Zijn ballen raakten Susan's kont met zijn beweging.

Susan kreunde lange tijd en kreeg een wild orgasme, haar kutje kneep in zijn pik zodat hij ook een orgasme kreeg.

Cum spoot uit zijn pik, de eerste stroom penetreerde Susan's kutje.

Maar hij trok zich terug en liet de rest achter om zijn lichaam te besproeien.

Net toen haar orgasme afnam, stak hij zijn vingers in haar kutje, pompte haar snel en stuurde Susan weer tot een orgasme.

Susan kreunde en liep over de tafel, trok hem over zich heen en kuste hem diep.

Zijn zweet en sperma vermengden zich over beide lichamen.

Nadat ze allebei ontspannen waren, zei hij:

"Het is fijn om zo te worden ontvangen."

.

EINDE

VERRADEN
ERIKA SANDERS

Hoofdstuk I.

Becky hoorde de sleutel in het slot klikken.

Hij rende de trap af, deed het licht in de hal aan en deed de deur open.

Jack stond daar in de regen, de kap over zijn hoofd getrokken, de sleutel in zijn hand, terwijl zijn donkere ogen haar aanstaarden.

'Oh mijn god, je bent gekomen,' zei Becky opgewekt.

Ze sprong naar voren en sloeg haar armen om zijn schouders, omhelsde hem en voelde de regen die haar jas bedekte op haar strakke kleding sijpelen.

Het kon haar niet schelen.

Haar man was hier en dat was het enige dat telde.

Ze bevrijdde Jack uit een uitbundige knuffel en legde haar doorweekte handen op zijn gezicht.

De ernstige uitdrukking op zijn gezicht was niet veranderd.

"Wat is er?" zei ze.

"We moeten praten."

Becky voelde haar maag samentrekken, maar ze deed een stap opzij om Jack binnen te laten en zijn natte laarzen uit te trekken.

Ze ging naar de woonkamer en wreef nerveus over haar armen terwijl ze wachtte tot Jack het slechte nieuws zou brengen, wat het ook was.

Toen ging hij naar de woonkamer, nog steeds met een ernstige uitdrukking op zijn gezicht.

'Kun je ons iets te drinken geven,' zei hij.

Becky ging naar de drankwagen en schonk twee cognac in.

Haar hand trilde toen ze hem een van de glazen overhandigde en de hare snel opdronk.

Jack kwam naar de stoel met nogal vochtige sokken.

De foto die hij gaf was een beetje vreemd.

Ze zou hebben gelachen als het niet voor het gespannen moment was geweest.

Hij zat op het puntje van de stoel en ging niet zitten of trok zijn jas niet uit terwijl hij zich voorbereidde om het slechte nieuws te brengen.

Hij nam een grote slok cognac voordat hij sprak.

'Ze weet alles over ons,' zei hij nadat hij de drank met een laatste zucht had ingenomen.

Becky voelde haar knieën slap worden en haar hart bonkte.

Hij schonk zichzelf nog een glas cognac in.

Hij ging naar de bank voor Jack en ging zitten.

"Zoals?" zei hij na nog een slok van de warme vloeistof.

"Ik zei."

Becky fronste zijn wenkbrauwen.

'Heb je het hem verteld? Waarom?

"Ik kon het niet meer aan."

Becky stond op.

'Zeg me alsjeblieft dat je een grapje maakt Jack.'

Hij schudde ontkennend zijn hoofd.

'Waarom zou je je vrouw vertellen dat je haar bedriegt?'

Jack keek op van onder zijn borstelige wenkbrauwen, waardoor hij eruitzag als een ondeugende pup.

"Ik kon niet zien dat ze onverschillig en kalm was terwijl ze ons smerige geheim bleef verbergen."

'Ons vuile geheim is dat hij het gewoon doet?' dacht Becky.

"Nou, wat zei ze?" zei Becky, terwijl ze deed alsof ze de laatste opmerking niet hoorde, terwijl ze van de ene kant van de kamer naar de andere liep.

'Ze is klaar om ons nog een kans te geven. Als dit stopt.'

Becky stopte en keek naar Jacks gezicht.

'Wij? Bedoel je dat jij en zij samen zijn nadat ik het haar heb verteld?'

Jaap knikte.

'Ga je me zo alleen laten? Omdat ze dat zegt?'

"Zij is mijn vrouw."

'En wat was ik?'

'Weet je wat dat was. Ik heb je gezegd dat ik mijn vrouw nooit zou verlaten. Dat was altijd seks tussen jou en mij.'

'Weet je wat dat was. Verleden. Het zat al in zijn hoofd. Hoe kon hij mij dit aandoen? '

Hoewel hij had gezegd dat hij Mary nooit zou verlaten, dacht Becky dat ze hem ervan kon overtuigen dat zij echt de vrouw was die hij nodig had.

Is het niet zo?

Het leek niet.

Jack dronk zijn drankje op en stond op om te vertrekken.

Becky liep naar hem toe.

"Is dat alles dan?" zei ze terwijl ze hem aankeek. "Ga je het zo laten vallen en gaan?"

Jack zuchtte toen hij haar wegduwde om door de gang te lopen.

'Becky, ik heb kinderen,' zei hij nu boos.

Oh nee, zo makkelijk zou hij er niet uitkomen.

Vroeger waren het allemaal complimenten en spottende en erotische berichten, met veel kusjes op het einde om me te betoveren.

Dat is wat iedereen doet om te krijgen wat ze willen.

Als ze dan genoeg hebben, gaan ze in de verdediging en proberen ze van je af te komen.

Jacks echte gezicht was nu te zien.

Voor hem was het niet meer dan een stuk vlees geweest, een gemakkelijke vangst.

Een uitschot.

Een hoer.

Zo hadden mannen haar altijd behandeld. Jack zou niet anders zijn.

'En nu? Er gaan tegenwoordig veel mensen scheiden. Kinderen komen er overheen. Ze hebben nog steeds beide ouders,' zei ze koeltjes.

'Het zijn kinderen, Becky,' snauwde Jack. 'Je hebt een gezin nodig. Veiligheid. Een vader die er altijd is. Niet iemand die een paar keer per week komt opdagen.'

En ik? dacht ze een beetje egoïstisch.

De vrouw die geen kinderen kan krijgen.

De vrouw die altijd blijvend onvruchtbaar zal zijn en die een man geen gezin kan geven.

Het fenomeen.

De zeldzame.

Degene die goed kan neuken voor de lol.

Wie zou echt van haar houden?

'Ik ga naar je huis,' dreigde hij. "Ik zal haar vertellen wat we hebben gedaan. Hoe je me het bos in reed in je auto en me op de achterbank neukte. Waar haar kinderen elke dag op weg naar school zitten. Hoe je me naar hetzelfde restaurant reed dat je haar voorstelde. Kijken of ze dan van gedachten verandert.'

Jack draaide zich om in de deuropening en zijn vingers verlieten de kap die hij op het punt stond over zijn hoofd te tillen.

"Je gaat het niet doen".

"Kijk naar me."

Becky zag voor het eerst een uitdrukking in Jacks ogen die ze eerder bij veel mannen had gezien.

walging.

Wat ze tussen hen hadden, wat er ook voor hem was geweest, was verdwenen.

Ze wist dat ze dat nooit meer terug zou krijgen.

Haar bovenlip rimpelde toen ze de kap over haar hoofd trok en bukte om haar laarzen te pakken.

Becky voelde de warmte uit haar vlees verdwijnen, het koude gevoel achtergelaten te worden.

Taak.

Ze had het te vaak gevoeld.

'Je kunt me niet zomaar verlaten, Jack,' smeekte ze, terwijl ze de bekende tranenstroom uit haar ogen voelde komen.

'Het is voorbij,' snauwde hij, zijn stem verdraaide van woede.

'Doe me dit niet aan, Jack. Alsjeblieft!'

Hij knoopte de neus van zijn laars vast, richtte zich op en keek naar haar onder de deken van zijn kap.

'Kom niet meer in de buurt van mij of mijn familie. Als je dat doet, bel ik de politie.'

Hij hief zijn hand op en liet zijn sleutel op de grond vallen.

De sleutel had ze hem gegeven in de hoop dat hij dit zou zien als zijn ware thuis waar hij uiteindelijk permanent zou gaan wonen.

Het was de laatste steek in zijn hart.

Hij rukte aan de deur en deed een snelle stap de tuin in.

Becky stond op de mat, haar wangen glinsterden van tranen in het felle licht van de woonkamer, en keek naar haar lange gestalte die door de regen liep.

Weg van haar.

Terug naar zijn familie.

Voor altijd uit zijn leven.

Hoofdstuk II

Becky keek in haar glas en voelde haar hoofd draaien.

De whisky liet een zure en bittere smaak achter op zijn tong.

Met trillende vingers pakte ze het glas op en gooide het tegen de muur van de open haard.

Het kwam in botsing met de spiegel, waardoor glasscherven explodeerden en vervolgens op de vloer en het dikke tapijt vielen.

Ze sprong van de bank en liep naar de telefoon.

Tranen welden op in haar ogen toen ze de telefoon oppakte, maar ze zei tegen zichzelf dat ze niet meer zou huilen.

Ze beet op haar lip en toetste resoluut het nummer in.

Na enkele ogenblikken antwoordde een norse mannenstem.

"Hallo?"

'Harry, ik ben Becky,' zei hij, zijn dronkenschap met een glimlach onderdrukkend.

'Becky? Jezus, hoe noem je dat? Het is twee uur 's nachts.'

'Het spijt me. Het is gewoon... ik moet bij iemand zijn.'

'Wat? Op dit moment?'

"Ja."

Hij hoorde geritsel aan de andere kant van de lijn, het kraken van zijn keel, opgedroogd door Harry's sigaretten, terwijl hij om het bed heen liep.

"Maak je me echt wakker voor een fuck in het midden van de ochtend?"

Becky voelde een knoop in haar maag bij zijn woorden.

Wat als ze echt niemand nodig had om haar te plezieren?

Het kon Harry echter niets schelen.

Hij was gewoon een typische man met maar één ding aan zijn hoofd.

Ze stopte de verleiding om te ontploffen.

'Waarom niet? Het is net zo goed als elk ander moment, zei ze een beetje opgewonden.

'Ik moet om zes uur op zijn.'

'Nou en? Je kunt morgenavond slapen. En je gaat in ieder geval tevreden naar je werk in plaats van te gapen.'

"Ik ben nu diepbedroefd. De enige manier om niet te gapen op het werk is door nog een paar uur te slapen en niet te sporten."

Becky kneep gefrustreerd in haar lippen en pakte haar sigaretten, die naast de telefoon lagen.

Hij stak er een aan, nam een lange, diepe trek en wreef toen met zijn duim over zijn slaap terwijl hij dikke rook blies.

'Ik zal doen wat je wilt, zei ze, en de nicotine gaf haar genoeg kracht om hem te verleiden.

"De wat?" Zei Harry.

"Ik zal mijn tong in je reet steken. Ik zal je opeten zoals een man een vrouw eet."

Het was even stil en hij voelde Harry aan de andere kant denken.

Er waren niet veel vrouwen die klaar waren om de kont van een man te eten en Harry had een bijzonder gevoelige anus, zijn tong kon zijn hele lichaam buigen en tegelijkertijd schreeuwen.

Het leek er echter op dat hij vanavond erg moe was. Zelfs dat was niet genoeg om hem te verleiden.

'O, Becky. Had je niet op een beter moment kunnen bellen?

"Ik ga mijn string aandoen. Ik ga je een lange harde neukbeurt geven. Is dat wat je wilt Harry? Een. Lang. Hard. Neuken."

Harry klonk nerveus en opgewonden toen hij antwoordde.

Becky wist dat haar uitdrukkelijke en walgelijke moed zijn pik keihard had gemaakt onder de dekens.

Maar wat ze hem ook probeerde te verleiden, hij zag eruit alsof hij niet bewoog.

"Sorry Becky. Ik moet even langskomen. Wat dacht je van vrijdagavond?

Becky zag de asbak op de salontafel en deed haar sigaret uit.

"Je bent net als alle mannen, toch? Je denkt dat ik wegloop als je het zegt. Nou, weet je wat Harry? Je kunt jezelf neuken. Dat was je laatste kans en je hebt hem net gemist."

'Wat... Becky?'

"Dag, Harry. Slaap diep als je kunt. Verdomme!"

Hij sloeg de telefoon neer.

Becky bleef even op het bed zitten, haar hart bonsde, haar bloed kookte, een miljoen verschillende gedachten streden om prioriteit in haar hoofd.

Hoe konden ze hem dit aandoen?

En opnieuw.

En waarom liet ze haar dat keer op keer doen?

Steeds weer in dezelfde oude val trappen.

Ze wist wat psychiaters zouden zeggen.

Je waardeert jezelf niet genoeg.

Hoe kun je respect verwachten als je jezelf niet eens respecteert?

Nou, dat is makkelijk voor jou om te zeggen.

Ze willen weten hoe het is om je een hoer te voelen en mannen toe te staan hun lichaam als een vuile vod te gebruiken.

Een moeder die met haar vrienden zou neuken en haar dochter alleen thuis zou laten, koud en hongerig, zonder dat iemand haar wilde.

Een vrouw die haar jarenlang ervan overtuigde dat haar vader niet van haar hield.

Dat hij haar verliet vanwege hem.

Terwijl de waarheid was dat hij geïntimideerd en te bang was door de onderwerping waaraan hij door haar werd onderworpen om terug te keren naar zijn schrikbewind.

Becky begroef haar gezicht in haar handen en liet de tranen over haar handpalmen stromen.

Je hebt me verlaten papa

Hoe kun je me achterlaten bij die psycho-teef?

Ze ging rechtop zitten en dwong zichzelf de tranen te stoppen.

Verdriet veranderde in woede als een druk op de knop.

Zijn vader was een lafaard.

Zoals alle mannen.

Ze liepen gecontroleerd weg van de ballen die tussen hun benen slingerden, maar hadden niet de moed om ze te gebruiken.

Dat kan alleen een vrouw.

De pijn was te veel.

Becky had seks nodig.

Het was het enige dat haar zou kalmeren.

Seks zou de pijn in haar verzachten.

Pijn om niet geliefd te zijn en afgewezen te worden, waardoor ze zich een vuile wegwerphoer voelde.

Een paar korte momenten, een hartstochtelijke kus, een wellustige drang die haar tot een orgasme zou brengen, en ze zou zich genezen voelen.

Alles is weer in orde.

Geliefd.

Het enige probleem was dat het een verslaving was geworden.

En als het allemaal voorbij was, nadat de mannen waren vertrokken en waren teruggekeerd naar hun vrouw of de volgende vrouw die klaar was om haar benen te spreiden, zou die donkere plek terugkeren.

Tot de volgende oplossing.

Becky kon het niet meer aan.

Genoeg was genoeg.

Deze keer zou iemand betalen.

Hoofdstuk III

Wraak is zoet.

Dat zeggen ze tenminste.

Becky dacht erover na terwijl ze haar lange zwarte haar in de make-upspiegel borstelde.

Ze was naakt, op een zwart slipje na dat was versierd met een klein rood strikje.

Haar 43-jarige borsten waren net zo stevig als die van een vrouw die tien jaar jonger was.

Het was een van de positieve dingen van het niet kunnen krijgen van kinderen.

Ze behield langer haar figuur en haar prachtige charme.

Terwijl de haren van de borstel door haar haar gleden, ervoer ze een kalmte die ze in jaren niet had gevoeld.

Er groeide eindelijk iets in haar.

Je zult geen slachtoffer meer zijn.

Ze worstelde.

Ze zou een krijger zijn.

Ze koos een donkerrode lippenstift uit haar make-up en bracht die voorzichtig op haar lippen aan. Ze voegde een beetje volheid toe door een extra millimeter rond de rand toe te voegen.

De kleur vulde haar donkere haar en olijfkleurige huid aan, wat haar een licht mediterraan uiterlijk gaf dat niet verder van haar Britse afkomst kon zijn.

Ze moest toegeven dat het er goed uitzag.

Ze had misschien een beetje hardheid in haar stem van zoveel sigaretten en een slechte jeugd, om nog maar te zwijgen van het drinken, maar ze wist hoe ze moest verschijnen voor seks.

Ze had deze vaardigheid van haar moeder geleerd, en toen ze zag hoe stoer de noordelijke meisjes waren, had ze geleerd ze ook in haar voordeel te gebruiken.

Sexy meisjes hadden macht.

Ze konden mannen beheersen met hun lichaam, hun geur en een provocerende blik.

Toen Becky erover nadacht, realiseerde ze zich dat ze zoveel jaren zou kunnen overleven.

Hij stond op en liep naar de passpiegel.

Hij leunde haar hoofd opzij en greep haar borsten.

Ze pruilde tegen haar pas geverfde lippen.

Ja, het zag er goed genoeg uit om iets lekkers te eten.

En om jou ook op te eten, dacht ze met een sensuele lach.

Op het bed lag een rode jurk.

Kort.

Zeer provocerend.

Lage halslijn om te pronken met haar borsten.

Ze duwde haar blote voeten in hem en trok hem over de lengte van haar lichaam omhoog.

Ze bekeek zichzelf in de spiegel, draaide zich om en maakte hem vast.

Ze bewonderde de zijdeachtige stof die bij de heupen gerimpeld was en haar typische zandlopervorm benadrukte.

Bij de deur stond een rij schoenen met hoge hakken.

Becky ging naar haar toe en stapte in een rood paar.

De kleur van vandaag was scharlaken.

Rood voor bloed en moord.

Hoofdstuk IV

De taxichauffeur stopte voor de club.

Becky zag dat er twee gorilla's bij de deuren stonden.

Hij betaalde de taxichauffeur en stapte de straat op, verlicht door de straatlantaarn. De zachte lucht raakte zijn blote schouders terwijl de clubmuziek onder zijn voeten sloeg.

Ze sloot de deur van de hut, liep naar de ingang en schoof de riem van haar kleine rode tas over haar schouder.

ontmoetingspunt Het was een moderne herenclub die een paar jaar geleden in de stad was ontstaan.

Mannen van alle leeftijden gingen erheen in hun hipste pakken gedrenkt in aftershave-flessen om noordelijke meisjes aan te trekken die als teven in de hitte naar hun geur stroomden.

Becky was geen uitzondering.

Maar vanavond had ze zich op één man in het bijzonder geconcentreerd.

De plaats was vol activiteit, druk voor een midweeknacht.

Aan de ene kant van de zaal speelde een zanger op het podium en aan de andere kant stond de bar vol met oudere mensen gebogen over bierglazen.

Mannen en vrouwen zaten in een grote ruimte met tafels in het midden van de kamer, praatten en keken omhoog naar het podium.

Becky ging naar de bar en belde een knappe jonge barman met het puntige kapsel van een weduwe.

"Is Ricky hier vanavond?" vroeg ze.

De ober knikte. "Achter."

Becky glimlachte naar hem en deed een stap achteruit van de toonbank toen ze merkte dat de ogen van de oudere mannen waren overgeschakeld van hun drankjes naar haar.

Hij zorgde ervoor dat ze zijn achterste goed konden zien toen hij door een gang verdween die naar de kantoren op de achtergrond leidde.

Ricky Morris was de eigenaar van vijf nachtclubs in de omgeving van Maine.

Hij had in de jaren negentig zijn brood verdiend met louche bedrijven en had de herenclubketen opgericht die meteen een hit was bij de speelse jongens van het noorden.

Hij stond er ook om bekend dat hij met strippers en prostituees werkte, hen van klanten voorzag en hun inkomsten verlaagde.

Becky ontmoette hem twee jaar geleden toen hij Meeting Place begon.

Van alle aantrekkelijke vrouwen en mooie meisjes die er die avond waren, was zij degene tot wie hij zich had gewend.

Misschien herkende hij iets van zichzelf in haar, een mannelijke eigenschap die sprak van haar ambitieuze en ondernemende karakter.

Een vrouw die niet zou buigen of vleien voor haar geld of haar knappe uiterlijk.

Een vrouw die hard zou spelen om te krijgen wat ze wilde.

Becky klopte op haar deur, maar wachtte niet op een antwoord.

Toen hij de kamer binnenliep, zag hij een flits van vlees en rook de onmiskenbare geur van seks.

Een vrouw van in de twintig lag op het bureau, haar blote borsten zichtbaar door een jurk die nog steeds om haar middel was gewikkeld.

Ricky neukte haar vanuit een staande positie, zwarte broek om haar enkels, zweet glinsterend op haar geschoren hoofd.

Hij draaide zijn hoofd bij de onderbreking.

"Stront." Hij trok zich terug van de vrouw en Becky zag zijn grote pik, ontstoken van opwinding, glad met het vrouwensap.

Toen hij zag wie de kamer was binnengekomen, zuchtte hij, boog zich voorover en trok zijn broek op.

De vrouw aan tafel bedekte haar borsten en probeerde haar verlegenheid te verbergen met een sensuele lach.

Kleine teef, dacht Becky en ging schaamteloos het kantoor binnen.

Ricky maakte de leren riem om zijn middel vast terwijl hij zijn hoofd schudde zodat het meisje kon lopen.

Ze bedekte haar borsten nog steeds, gleed nederig van de tafel, greep haar hoge hakken en liep op haar tenen de kamer uit.

Ricky liep om zijn bureau heen en keek Becky met een rood gezicht aan.

Hij haalde een zakdoek uit de zak van zijn overhemd, veegde zijn voorhoofd af en reikte in een la om een zilveren pakje sigaretten te pakken.

"Aan wie heb ik het genoegen te danken?" Hij opende de doos en haalde er een gekleurde sigaret uit.

Hij bood er een aan Becky aan.

Ze hield hem in de gaten terwijl ze naar het bureau liep en een van de sigaretten pakte.

Het was scharlaken.

"Ga je de kwaliteit van de goederen nog eens controleren?" zei hij en stopte de rode sigaret tussen zijn lippen.

Ricky kneep zijn scherpe blauwe ogen tot spleetjes terwijl hij zijn sigaret opstak en hield toen de aansteker omhoog om die van Becky aan te steken.

'Wat is de reden dat je me stoort en hier zonder waarschuwing inbreekt?'

Becky haalde diep adem van de brandende sigaret.

Ze blies de rook uit die in een dunne draad naar het plafond rende.

'Ik zie dat je het de laatste tijd druk hebt gehad.'

Met een glimlach keek ze naar de tafel.

De zweetplekken waar de billen van de vrouw hadden gezeten waren nog steeds op het glasoppervlak.

Ricky ging hard zitten.

Becky kon haar hart bijna horen bonzen, terwijl het bloed nog steeds door haar lichaam pompte van de onderbroken sekssessie.

Hij keek haar nieuwsgierig aan.

"U bent klaar?"

Becky schudde haar hoofd.

'En dan? Ik merk nog iets aan je op.'

Becky gooide haar haar naar achteren en keek naar de grote vissenkom die achter Ricky's hoofd scheen.

Grote vissen in een heel kleine vijver, dacht hij droog.

Hij had misschien geld en macht over vrouwen, maar toen hij daar in zijn stoel zat, zonder idee wat er ging gebeuren, was hij net zo zwak en zielig als elke andere man.

'Ik denk dat het het weer van de maand moet zijn,' zei hij droog.

Hij nam de tas van zijn schouder en legde hem voorzichtig op het glazen oppervlak op tafel.

Ricky keek geïnteresseerd naar haar bewegingen.

Hij liep om het bureau heen en legde zijn billen op de harde rand.

Ricky draaide zijn stoel om, leunde achterover en bestudeerde haar.

'Je bent gretig,' zei hij voorzichtig.

"Wanneer niet?" antwoordde ze.

Ricky glimlachte.

Dat vond hij zo leuk aan haar.

Die gedurfde en gewillige honger naar seks.

Vooral van een vrouw.

Raak hem binnen enkele seconden hard. Becky wachtte tot zijn pik wakker werd terwijl ze haar lichaam bewoog om haar borsten te onthullen.

'Je bent een hoer,' zei Ricky. "Niets houdt je tegen, toch? Zelfs geen zorgeloze seconden in een klein kreng.

"Het was maar het voorgerecht. Ik ben het hoofdgerecht. De echte seks."

Becky trok haar jurk bij haar dij omhoog en liet haar vingers tussen haar benen glijden.

Ze had haar slipje uitgedaan voordat ze het huis verliet, zodat ze gemakkelijk toegang had tot de blote lippen tussen haar benen.

Hij keek naar Ricky en nam nog een trek van zijn sigaret.

De bobbel die in zijn broek bleef groeien, vertelde haar dat hij van plan was binnen enkele seconden in haar te zijn.

Haar kutje werd vochtig bij de gedachte, versterkt door de wetenschap dat de bevrediging deze keer zoeter zou zijn dan alle andere.

Ze legde haar handen op het glazen oppervlak, liet plakkerige sporen achter op haar muskusachtige kut, en manoeuvreerde recht voor Ricky in positie.

Ze zette beide hakken op de armleuningen van de stoel en spreidde haar benen om hem een volledig beeld te geven van wat zich tussen haar benen bevond.

Opwinding schoot door Ricky's ogen toen hij naar beneden keek en het snoep zag verborgen onder het kleine rode jurkje.

"Wat moet ik er mee doen?" zei hij sardonisch en trok een wenkbrauw op.

Met haar ellebogen op tafel slaagde Becky er toch in om te roken toen ze reageerde met een zwoele glimlach.

Sprakeloos.

Ricky drukte zijn eigen sigaret uit en drukte hem schaamteloos op het glas.

Hij ademde door haar neusgaten, misschien om een geurige smaak te krijgen van wat komen ging, en maakte haar lange vingers nat voor haar mooie lippen.

"Ik eet je op tot je kutje in mijn mond druipt."

Becky voelde haar vulva tintelen terwijl ze haar spieren aanspande.

Ze had altijd van een jongen gehouden die ervan hield om kutjes te eten.

Ricky was blij zijn gezicht te verzadigen met haar sap en dingen met zijn tong te doen die hem ergens anders heen zouden sturen.

Het zou de meest humane manier zijn, dacht hij.

Een euforische angst.

Zijn grote handen raakten haar knieën en spreidde haar benen nog meer.

Becky staarde hem grimmig gefascineerd aan en apprecieerde de opwinding in zijn stalen ogen.

Hij likte speels over zijn lippen.

Becky glimlachte veelbetekenend.

Toen, voordat ze iets anders kon doen, zat zijn hoofd tussen haar benen en werkte zijn hete, natte tong zich een weg naar binnen.

Becky's hoofd viel achterover terwijl ze naar adem snakte van genot.

"O verdomme."

Ricky schudde onverzadigbaar zijn hoofd en likte zijn plakkerige vlees.

Eet, proef, inhaleer de muskusgeur.

'Heerlijk,' hoorde Becky hem zeggen met zijn diepe Vermont-accent.

Hij zou niets zo lekkers proeven als haar zoete wraak, dacht hij.

Ricky deed zijn broek uit, trok zijn pik eruit en trok eraan met snelle, harde bewegingen van zijn pols.

Becky vroeg zich even af of hij haar kutje liever had gehad dan het kutje dat hij een paar minuten geleden had geneukt.

Toen besloot ze dat het haar niets meer kon schelen.

Alle mannen waren hetzelfde.

Kontzuigers die hoeren misbruiken en poesjes zuigen. Zelfs als ze de mogelijkheid hadden om je naar plaatsen te sturen waarvan je niet wist dat ze bestonden.

Ricky's tong was goddelijk!

Becky keek naar beneden en zag de glanzende ronde hoofdhuid op en neer gaan.

Dit was zijn moment.

Ze haalde diep adem, pauzeerde even, bracht toen haar dijen in één snelle beweging samen en sloot Ricky's nek tussen haar benen.

Hij stikte en probeerde weg te lopen, maar tevergeefs.

Becky reikte in de rode zak en haalde er een mes uit.

Ze greep het handvat met beide handen vast en tilde het boven Ricky's hoofd.

Hij bleef brabbelen en haar dijen vastpakken om ze uit elkaar te spreiden.

Maar ze kon het niet.

Ze kon het mes niet op haar hoofd laten vallen.

Nu het moment daar was, leek het niet langer een fantasie.

Het voelde als een nachtmerrie.

Ze was geen moordenaar.

Ze kon niet worden wat ze niet was.

Ze hadden haar van binnen vermoord en ze verachtte haar daarom, maar in koelen bloede doden maakte haar iets anders.

Het maakte haar minder dan zij.

Becky liet de druk van haar dijen op Ricky's hoofd los.

Hij stapte uit de val, hapte naar adem en wreef over zijn keel.

"Gekke verdomde bitch," schreeuwde hij. "Wat speel je?"

Becky had het pistool in haar tas verborgen voordat Ricky zijn woede uitspuugde.

'Ik dacht dat je iets ruws zou proberen,' hijgde ze, terwijl ze haar best deed om de angst in haar stem te verbergen.

Ricky spreidde zijn benen en stond op.

"Ik kon niet ademen!"

Becky speelde met haar jurk en stapte van de glazen tafel af.

Toen hij opstond, zag hij de blik van twijfel in Ricky's ogen.

'O, kom op,' zei ze. "Het was een beetje leuk."

Hij slaagde erin te glimlachen terwijl zijn hart in zijn borst klopte.

Ricky zei niets en zocht naar een soort waanvoorstelling in zijn ogen.

Hij zou de enige zijn met bloed aan zijn handen als hij wist dat ze van plan was hem te vermoorden.

Becky liep naar hem toe en leunde dicht tegen zijn gezicht aan.

Ze kuste zijn rode wang en liet haar scharlaken lip op zijn huid.

'Ik heb genoeg gehad voor vandaag. Ik ben beter,' zei ze.

Ze pakte haar tas van de tafel en liep naar de deur.

Ze voelde Ricky's ogen op haar gericht.

doordringen.

Beschuldigen.

'Wacht,' zei hij.

Becky stopte.

Zijn hart bevroor.

Hij draaide zich langzaam om.

Ricky's donkere omtrek werd beperkt door de heldere gloed van het aquariumwater terwijl hij wachtte tot hij zou spreken.

'Je zult je geld willen hebben,' zei hij.

Becky fronste zijn wenkbrauwen.

"Welk geld?"

"Ik betaal altijd mijn favoriete meisjes."

Becky bestudeerde zijn ogen.

Wat heeft hij gedaan?

"Je hebt het nog nooit gedaan."

"Het wordt tijd dat ik het doe."

Hij pakte een chequeboekje van het bureau.

Hij haalde een pen uit de zak van zijn overhemd en krabbelde er iets op.

Toen hij het naar Becky bracht, tintelde zijn keel.

Ricky gaf hem de cheque.

Becky nam het aan en keek naar de menigte.

Veertigduizend dollar.

Ze werd bleek en keek Ricky ongelovig aan.

'Voor de verschuldigde diensten,' zei hij.

Becky keek terug naar de sterke gestalte.

Veertigduizend dollar.

Hij zou zijn hypotheek betalen.

Je zou een nieuwe auto kunnen krijgen.

Loop over water.

Koop nieuwe kleding.

Designer schoenen.

Ricky glimlachte niet toen hij haar de cheque zag bestuderen.

De blik die hij haar toewierp was zorgwekkend.

Becky keek zenuwachtig in zijn staalblauwe ogen.

Hij wist dat ze hem probeerde te vermoorden.

Hij betaalde haar.

Neem het geld, laat me met rust, kom niet.

Ze wilde hem niet teleurstellen.

Hij slaagde erin te glimlachen en draaide zich toen om om de kamer te verlaten, zijn trillende hand nog steeds vast je nieuwe fortuin.

EINDE

61

BETER EEN TRIO
ERIKA SANDERS

Met z'n drieën nestelden we ons op de bank en keken naar een goedkope HBO-film.

Ik zat in het midden, leunend tegen mijn vriend Peter en zijn beste vriend Ricky, die tegen de andere kant van de bank leunde.

Peter draaide zijn hoofd naar ons toe en zei dat hij het niet erg zou vinden om te doen waar we het eerder over hadden.

Ik staarde naar de televisie en zag hoe een vrouw omging met twee mannen.

Ricky verschoof een beetje op de bank.

"Ja, het lijkt erop dat het leuk kan zijn." zei ik en keek naar het scherm en giechelde.

Voor ik het wist, streek Peter met zijn handen over mijn zij, greep de onderkant van mijn shirt en trok eraan.

Ricky leunde wat dichterbij en begon over mijn been te wrijven terwijl hij in mijn ogen keek.

Ik voelde mijn hele lichaam springen zonder te bewegen.

Peter zette me neer en deed mijn shirt uit, mijn borsten rustten in mijn zwarte kanten bh, de tepels waren hard en tegen de stof gedrukt.

Toen drukte hij zijn lichaam tegen het mijne, sloeg zijn armen om mijn rug en met een beweging van zijn pols waren mijn borsten los.

Peter begon aan mijn tieten te zuigen toen Ricky zijn handen op de knoop van mijn korte broek legde.

Ik voelde me nat toen Ricky mijn korte broek losknoopte en ze naar mijn heupen en benen trok.

Tot haar verbazing droeg ze geen slipje.

Ricky likte zijn lippen en bracht zijn gezicht dicht bij mijn natte kutje.

Ik hapte naar adem toen ik zijn tong mijn lippen voelde binnendringen en mijn clit streelde, waardoor Peter harder aan mijn tepels zoog.

Ik liet zijn handen in zijn broek glijden en begon te werken om ze te verwijderen.

Ik spreid mijn benen nog meer om het voor Ricky gemakkelijker te maken om toegang te krijgen.

Mijn hart begon te bonzen toen wat er gebeurde zich in mijn hoofd nestelde.

Toen Ricky hongerig mijn natte, natte kutje likte, deed hij zijn broek uit en trok hij met tegenzin zijn shirt over zijn hoofd.

Toen begon Ricky aan mijn heupen te trekken, mijn billen naar de rand van de bank te trekken, hij stond op en ik zag zijn harde kloppende pik net voordat hij hem tegen mijn lippen drukte en over mijn gezwollen clit wreef.

Toen Peter opstond, trok hij zijn shirt uit en gooide het opzij.

Toen klom hij op de bank, zijn pik op slechts enkele centimeters van mijn gezicht en liet een van zijn benen over mijn benen glijden.

Ik kreunde toen Ricky zijn pik in mijn kutje stak en me helemaal vulde.

Instinctief omhelsde ik zijn lid stevig.

Ik stak mijn tong uit en streelde het puntje van Peters grote pik, mijn hoofd naar voren kantelend en mijn lippen om het gezwollen hoofd wikkelen.

Peter leunde met één hand tegen de muur en ging met de andere vingers door mijn haar. Hij leidde mijn hoofd zachtjes terwijl hij aan zijn pik zoog.

Ricky liet zijn handen langs mijn zij gaan, greep mijn heupen en hield me stil terwijl hij me neukte.

Mijn gekreun ging verloren in de zijne.

Ik begon met mijn heupen tegen Rickys aan te wiegen en liet zijn kloppende pik dieper in mijn strakke natte kutje zakken.

Ik begon de binnenkant van Peter's dijbeen te volgen, legde mijn hand op zijn met sperma gevulde ballen en begon ze zachtjes te masseren, terwijl ik ze in mijn kleine hand rolde.

Ik kreunde weer, mijn mond vulde zich helemaal met Peter's pik.

Ik voelde de eikel van zijn pik mijn keel raken, de smaak van voorvocht op mijn tong.

Peter leunde achterover, zijn pik bonsde nog steeds van mijn harde zuigkracht, stapte van de bank af en nam mijn hand in de zijne.

Ik ging rechtop zitten en Ricky trok zijn pik uit mijn opgewonden kutje.

Peter nam me mee naar de slaapkamer, ging op het bed zitten, greep mijn slanke heupen en rolde me om.

Ricky stond voor me en streelde zijn harde pik terwijl Peter mijn billen uit elkaar spreidde.

Ricky greep toen mijn heupen en hielp me balanceren terwijl hij Peter's pik voor mijn strakke gaatje plaatste.

Mijn knieën drukten tegen mijn borsten terwijl ik Peters natte pik tegen mijn strakke kont voelde drukken.

Ik kreunde toen zijn pik langzaam mijn kont binnendrong.

Ricky duwde mijn bovenlichaam naar achteren en duwde zijn pik terug in mijn kutje.

Ik leunde achterover, mijn armen steunden me, mijn kont en kutje vol met pik, luid kreunend en bijtend op mijn onderlip.

De pijn en het plezier dat voortkwam uit dubbele penetratie was bijna te groot om mee om te gaan.

Peter duwde zijn 20 cm lange pik diep in mijn kont, vulde hem volledig en begon toen zijn heupen te bewegen.

Zijn handen rond mijn borst masseerden mijn borsten.

Ricky pompte woedend in mijn hete, natte kutje.

Zijn adem stokte en zijn handen op mijn heupen hielden me vast.

Ik drukte mezelf stevig om hun twee staarten en voelde mijn eigen climax opbouwen.

Peter's pik zwol op in mijn kont toen ik hem kneep en hij begon me sneller te neuken, terwijl hij kreunde.

Ricky sloot zijn ogen en voelde de bekende warmte op zijn pik terwijl hij hem in mijn poesje bleef pompen.

Ik kreunde bij bijna elke ademhaling en wilde ze in mij voelen ontploffen.

Ik drukte harder.

Peter's lichaam begon onder me te trillen toen zijn pik explodeerde en mijn kont vulde met zijn dikke sperma.

Haar gekreun vermengde zich met Rickys en de mijne.

Hij sloeg zijn armen stevig om mijn borst toen zijn climax zijn climax bereikte en zijn pik in mijn strakke kontje spoot.

Toen Peter op mijn kont ging, voelde ik mijn eigen climax mijn lichaam strakker maken en mijn poesje strakker rond Ricky's met sperma gevulde pik.

Ik begon mijn heupen te bewegen op de maat van Ricky's bewegingen en wilde rond zijn pik komen.

Ik gooide mijn hoofd achterover en kreunde zo hard dat ik bijna schreeuwde toen ik klaarkwam, een pik in elk gaatje.

Ricky kon zich niet langer inhouden, hij liet de zijne los en vulde mijn poesje met stralen van zijn sperma.

We huiverden allebei, onze beats vertraagden en ons gekreun verzachtte, waardoor onze climaxen verminderden.

Ricky boog zich voorover, kuste me zachtjes en glimlachte toen hij zijn pik uit mijn kutje trok en me uit bed hielp.

Peter stond snel op, ging achter me staan, sloeg zijn armen om mijn middel en kuste mijn wang.

Hij zei lachend:

"Ja, het was leuk, eigenlijk... """

EINDE

69